獻給凱蒂、班和即將到來的寶寶
——大衛·里奇斐德

♥IREAD

爺爺的神祕巨人

文　　　圖	大衛·里奇斐德
譯　　　者	吳其鴻
責任編輯	郭心蘭
美術編輯	黃顯喬

發 行 人	劉振強
出 版 者	三民書局股份有限公司
地　　　址	臺北市復興北路 386 號 (復北門市)
	臺北市重慶南路一段 61 號 (重南門市)
電　　　話	(02)25006600
網　　　址	三民網路書店 https://www.sanmin.com.tw

出版日期	初版一刷 2017 年 10 月
	初版二刷 2022 年 1 月
書籍編號	S858271
I S B N	978-957-14-6293-6

Originally published in the English language as GRANDAD'S SECRET GIANT by
Frances Lincoln Children's Books, an imprint of the Quarto Group, in 2015
Copyright © 2015 Quarto Publishing Plc
Text and Illustrations © David Litchfield 2016
Traditional Chinese copyright © 2017 by San Min Book Co., Ltd.
ALL RIGHTS RESERVED

爺爺的神祕巨人

大衛・里奇斐德／文圖　　吳其鴻／譯

小山丘

小比利遇到了一個難題。
「爺爺，」他說：「為了鎮上的壁畫，我們已經忙了一整天，但就是沒辦法完成！根本沒有人畫得到牆的最上方。」

歡迎蒞臨

佳波悠小鎮

「別擔心！」爺爺說。
「我知道有個傢伙能幫得上忙……」

「他的手就像桌子一樣寬，」爺爺繼續說：
「腿有排水管那麼長，腳也像小船那麼大。
你知道我說的是誰吧？」

「你說的是神祕巨人，」比利嘆了一口氣：「爺爺，
你已經跟我說過一千遍了，那是你編出來的吧！」
「我從來不說假話……」爺爺說。

「去年夏天我們去露營，你記得吧？」
「記得啊。」比利無奈的說。

「那時候巨人就在那裡
保護我們的安全。」

「還有一次，鎮上的鐘
故障了，你記得吧？」
「記得啊。」比利懶洋洋的說。

「那也是巨人修理好的！」爺爺說。

「還有一次，我們的船被困
在暴風雨中，你記得吧？」
「記得啊。」比利嘆了一口氣。

「把我們安全拉回岸邊的也是巨人。」
「爺爺，這不可能是真的，」
比利說：「我沒有看到巨人！」
「或許是你看得不夠清楚。」爺爺回答。

「他做的事還不只這些，他還……

阻止老橡樹被風吹倒，

幫助車輛越過斷了一截的橋，

在你的風箏飄走之前，幫你抓住它，

還把困在屋頂上的毛毛救下來。

巨人默默為我們的小鎮付出這麼多，從不引人注意。
除了我之外，沒有任何人知道。
（你要活到我這把年紀，才會有如此銳利的眼睛。）」

「但是爺爺，」比利說：「如果
巨人這麼善良又樂於助人，
為什麼他要大費力氣保持神祕呢？」
「因為人們害怕不同的事物……」爺爺說。

「人們看見巨人都會尖叫
逃跑，這讓他很傷心。」

「一個可笑的老巨人，才嚇不倒
我呢。」比利嗤之以鼻。

「而且他根本就不是真的。」

「不然你明天清晨就起床，去壁畫那裡看
看吧！」爺爺眨眨眼睛說。

隔天早上，天剛剛亮，毛毛就叫醒比利。
他想繼續睡，但是毛毛吠個不停。

比利決定帶牠去散步，順便趁這機會證明，
爺爺說的神祕巨人根本就不是真的。

走到壁畫附近的時候，
毛毛開始緊張的嗚嗚叫。
「別傻了，兄弟，」
當他們轉過街角，比利說：
「那裡才不可能有……」

「⋯⋯巨⋯⋯巨⋯⋯巨人！」

他是真的⋯⋯

他是個龐然大物⋯⋯

而且他

太恐怖啦！

比利拔腿就跑。

用最快的速度。

但是他忽然想起……

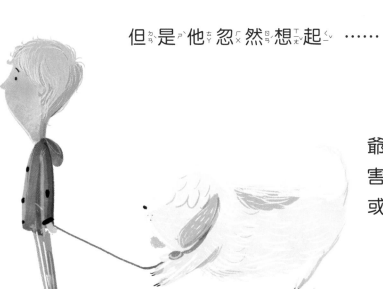

爺爺之前說的「人們
害怕不同的事物」，
或許就是這個意思。

比利轉身回去……

巨人已經離開了。

歡迎蒞臨
佳波悠小鎮

比利去找爺爺，告訴他剛剛發生的事。

「我那時候不該逃走的。」比利難過的說。
「沒關係，大家都有犯錯的時候，」爺爺說：
「我相信你能想出辦法，讓巨人覺得好過一點。
如果是你心情不好，
怎麼做才能讓你覺得好過一點呢？」

比利想了一會兒，就想到一個很棒的主意。

比利把他的計畫告訴爺爺，

然後他們開始動手做。

他們敲呀敲……

鋸呀鋸……

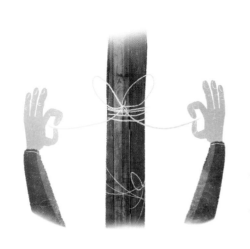

他們認真工作了一整天，打算為巨人準備一份難忘的禮物。

完成了之後，比利和爺爺把毛毛留在高處，希望巨人會再次來解救牠。

接下來，他們能做的，
只有靜靜等待……

繼續等待……

他們等了一整個下午，
太陽都要下山了。

「要是巨人不回來怎麼辦？」比利說。
「或許他已經受夠了人們尖叫、逃跑。
或許他已經不想住在我們鎮上了，都是我不好！」

就在這個時候……

他們看見像排水管那麼長的腿，
像桌子那麼寬的手，像小船那麼大的腳。

是巨人！

他們的計畫成功了，巨人把毛毛從架子上救下來。
然後，他看到了禮物。
打從爺爺認識他以來，這是他第一次露出笑容。

因ㄧㄣ為ㄨㄟˋ比ㄅㄧˇ利ㄌㄧˋ明ㄇㄧㄥˊ白ㄅㄞˊ了ㄌㄜ一ㄧˊ件ㄐㄧㄢˋ事ㄕˋ，
巨ㄐㄩˋ人ㄖㄣˊ不ㄅㄨˋ只ㄓˇ是ㄕˋ巨ㄐㄩˋ人ㄖㄣˊ，
他ㄊㄚ也ㄧㄝˇ是ㄕˋ人ㄖㄣˊ啊ㄚ！

歡迎蒞臨

佳波悠小鎮

他⸺和⸺所ㄜ有ㄧ人ㄖㄣ一⸺樣ㄧㄤ，
難ㄋㄢ過⸺的ㄜ時ㄕ候⸺，會ㄏㄨㄟ想ㄒㄧㄤ要ㄧㄠ……

一個朋友。